KB235533

서반아 장미나무

Der spanische Rosenstock

________________________에게

드립니다

Der spanische Rosenstock

초판1쇄 인쇄일/2000년 9월 25일

초판1쇄 발행일/2000년 9월 30일

지은이/베르너 베르겐그륀

옮긴이/김형국

펴낸이/정찬종

기획 · 편집/정숙미

펴낸곳/도서출판 이유

주소/서울특별시 동작구 상도5동 134-161 대영빌딩 401호

전화/02-814-3949

팩스/02-814-3949

등록/2000년 1월 4일

등록번호/제409-90-34988호

http://my.netian.com/~eupublic

ISBN 89-951151-4-9 (03850)

인쇄처/예림인쇄 T)719-6495

서반아 장미나무

Der spanische Rosenstock

베르너 베르겐그륀 지음 · 김형국 옮김

도서출판 이유

Der spanische Rosenstock

차례

옮긴이의 말 7

서반아 장미나무 17

작가 및 작품 연보 113

작품해설 115

Der spanische Rosenstock

김형국 (전남대 교수)

작가 베르너 베르겐그륀(Werner Bergengruen 1892–1964)은 현대 독일의 대표적인 작가들 중의 한 사람이다. 1919년에 작가로 등단하여 수많은 장편과 단편 소설, 노벨레(세 장르를 합쳐 단행본으로만 40여 권), 그리고 시(단행본 시집 15권) 등을 남겼다. 그의 문학의 특성으로는 무엇보다 풍자적인 것에서 서정적인 것에 이르기까지의 다양한 내용, 그리고 간결하고도 단아한 문체를 들 수 있을 것이다. 그는 나치 시절에 독재를 비판하는 작품을 쓴 탓으로 제국작가회의에서 축출당한 바 있다. 이와같이 한때 그는 정치적 색채가 농후한 작품을 쓰기도 했다. 하지만 그의 문학의 기조는 어디까

지나 서정적, 환상적이며, 또한 종교적인, 특히 카톨릭
적인 세계관에 있다. 1940년에 내놓은 「서반아 장미나
무」는 발표 당시에만 대략 20만 부 이상이 팔릴 정도로
많은 사람에게 애독되었고, 또한 그의 이름을 널리 알
리게 해준 작품이기도 하다. 이 환상적이고, 아름다운
사랑이야기에서도 베르겐그륀은 그의 다른 작품들에서
와 마찬가지로 그의 작가적 역량을 남김없이 발휘하고
있다.

아마 지금으로부터 스물한 해 전쯤일 것이다. 독일어
로 된 이 작품을 처음 대했을 때가 기억이 난다. 이야기
가 시작부터 재미있고, 분량도 얼마 되지 않아서 시간

가는 줄도 모르고 읽어내려 갔다. 너무도 애틋하고 아름다운 사랑이야기라는 느낌을 가졌다. 그래서인지 얼른 소개하고 싶은 생각에 당장이라도 번역을 해보리라는 욕심을 냈었다. 하지만 그 생각은 그저 작정에 그쳐 있었을 뿐이었고, 이런저런 여건과 사정으로 미루고 또 미루어서 이십여 년을 묵혔다.

지금에 와서야, 그것도 굳이 이 작품을 우리말로 옮기게 된 까닭이 있다. 이 작품은 얼핏 보면 청춘남녀의 사랑이야기라는 진부한 내용을 다루고 있다. 그러나 만남에서 시작하여 헤어짐, 기다림, 갈등, 고통, 체념, 그리고 재회에 이르기까지의 사랑을 둘러싸고 흐르는 줄거리가 매우 신선하고 특이할 뿐만 아니라, 짜임 있게 구성되어 있어 독특한 매력과 깊은 감동을 준다.

그러나 보다 본질적이고 절실한 이유는 다른 데에 있다. 우리에게는 느림, 머무름, 기다림에 익숙하고, 또 이를 당연한 것으로 여긴 때가 있었다. 요컨대 우리의 삶은 그 시작과 끝이 좀처럼 구분되지 않는 긴 호흡과 같았다. 그러나 언제부턴가 세상은 크게 달라졌다. 속도, 질주, 바꾸기가 찬양을 넘어 우리가 추구해야 할 유일한 가치가 되어버렸다. 말하자면 지극히 짧은 호흡의 삶이 우리네의 삶의 척도와 기준이 된 것이다. 어디 사랑이라고 여기서 비켜나갈 수는 없다. 은근함보다는 조

급함에, 긴 고통보다는 짧은 즐거움에 길들여져 있고, 기다림보다는 새로운 대상을 찾아 나서는 것에 별반 주저함이 없다. 이에 물음표를 달아보려는 것은 어리석음을 확인하고, 자기도태를 앞당길 뿐이다. 물론 그같은 사랑을 전면적으로는 거부할 생각이 없을 뿐더러, 할 수 있다고 여기지도 않는다. 하지만 문제는 이런 방식의 사랑만이 우리의 유일무이한 사랑이어야 하는가에 있다. 우리의 사랑이 반드시 이것만일 수는 없을 것이다.

이런 점에서 작품 「서반아 장미나무」는 우리에게 설득력 있게 다가온다. 짧은 호흡의 사랑으로 그득히 채

워져 있는 오늘날의 우리의 모습을 놓고 볼 때, 숱한 역경이 있지만 꾸준하게 이어지는 긴 호흡의 사랑을 보여주는 이 작품은 우리의 사랑을 되짚어보고, 한번쯤 되새김질 할 수 있는 계기를 갖게 한다. 반성과 성찰만큼 인간, 그리고 인간의 삶에 어울리는 것도 없을 것이다.

이 작품의 내용은 그다지 어려울 것이 없을 성싶다. 그러나 작품의 성격상 독자층이 매우 다양할 수 있다는 것을 감안하고, 또 조금이라도 작품이해에 도움을 주는 것이 작품을 번역으로 소개하는 사람의 의무라고 생각되어 짧은 해설, 그것도 줄거리 중심의 소박한 해설을 덧붙였다. 또한 작품에 더러 등장하는, 우리에게 생소

한 개념과 낱말에 대해서도 각주를 이용해 간략하게 설명을 했다. 이는 작품감상의 흐름을 방해할 수 있다고 생각되어, 순전히 독자의 편의를 위해 마련한 것이다.

끝으로, 이 번역에 사용된 텍스트는 독일 Arche출판사가 1992년에 발간한 「Der spanische Rosenstock」이다.

Der spanische Rosenstock

서반아 장미나무

Der spanische Rosenstock

젊은 작가인 파벨은 한 소녀를 사랑하고 있었다. 그런데 그는 상당히 오랜 기간 그녀와 헤어져 있어야 했다. 그가 떠나기 전날 저녁에 그들은 이미 어둠이 내린 공원을 함께 거닐었다. 한여름이었다. 베어낸 풀이 아직 공원의 풀밭 위에 놓여 있었고, 그 풀에서는 강렬하고도 달콤한 냄새가 나고 있었다. 공원의 작은 연못에서는 개구리들의 꽥꽥거리는 소리가 들려왔다. 그 외엔 먼 곳에서 짖어대는 개의 소리만이 들렸다. 이따금씩 길의 자갈 위를 거니는 발자욱의 자그락거리는 소리도 났지만, 이내 다시 조용해졌다.

파벨과 크리스티네는 돌로 지어진 그리스 풍의 작은 누각(樓閣)[1] 이 서 있는 언덕으로 올라갔다. 이곳에 그들은 앉았으나, 마음은 불안했다.

그들은 아무 말이 없었다. 흔히 사람들이 이별 전에

---

1) 지붕을 받치고 있는 기둥이 있으나, 문이나 벽이 없이 트여 있어서 사방을 바라볼 수 있음. 공원의 정자나 사원의 사당을 닮은 그리스 양식의 건축물로 비교적 작은 규모이며, 대개 평지보다 높은 곳에 위치해 있어 경치구경이나 휴식을 위한 공간으로 사용됨.

주고받곤 하는 모든 말을 그들은 이미 서로에게 했고, 또 되풀이했기 때문이었다.

　얼마 후 그 소녀는 「오늘도 이야기를 해줘요. 마지막으로 말이에요.」 라고 청했다.

　파벨은 이야기를 해주는 습관을 가지고 있었다. 그는 크리스티네에게 이야기를 해주는 것을 제일 좋아했다. 그의 이야기들은 종종 동화나 전설, 혹은 역사적인 사건에서 나온 것이었으며, 다른 이야기들은 전적으로 그의 영감에서 얻은 것이었다. 그러나 그는 이런 종류의 글을 쓰기에는 자신이 충분히 부유하다고 생각해서인지, 아니면 오랜 세월을 통해서만 얻을 수 있는 그런 제어(制御)하고 구분하는 힘이 자신에게는 아직 부족하다는 것을 어렴풋이 느껴서인지, 이 이야기들을 결코 글로 쓰지는 않았다.

　이제 파벨은 잠시 골똘히 생각하더니 이야기를 시작했다.

　　어떤 공작의 궁정에 리잔더라는 가난한 젊은이가 살
고 있었다. 이 리잔더는 공작의 막내딸인 옥타비아에
대한 격렬한 사랑에 사로잡히게 되었다. 그는 오랫동안
그녀 몰래 그녀에게 정성을 쏟았다. 마침내 그녀는 그
를 다른 사람들보다 더 특별하게 대하기 시작했다. 그
러나 이것은 매우 은밀하게 이뤄졌으며, 오직 리잔더
그 자신만이 알아챌 수 있었다.

　언젠가 그들은 서로에게 마음을 고백하려는 용기를 갖게 되었다. 이 일은 공작이 다른 지역에서 온 손님들에게 경의를 표하려고 그의 모든 궁정사람들과 함께 벌인 뱃놀이에서 일어났다. 사람들은 장식된 범선들을 타고 강의 어귀쪽으로 내려갔다. 그 강은 어귀에 다다를수록 폭이 매우 두드러지게 넓어졌다. 강물은 완만하게 흘렀다. 강의 중앙에는 넓은 수로(水路)가 틔여 있었으며, 이 수로에서 배들의 일상적인 왕래가 이루어졌다. 그러나 오른쪽과 왼쪽에는 커다란 갈대숲들이 강변 쪽

으로 뻗어 있었다. 이 숲들 사이로는 겨우 노(櫓) 두 개
의 넓이밖엔 안되는 좁은 수로들이 이리저리 뒤엉켜 나
있었다. 갈대가 무성한 이곳의 한가운데에는 땅이 단단
한 작은 섬이 몇 개 있었고, 이 섬들의 여러 곳에는 낚
시나 오리사냥을 위한 아주 작은 오두막이 있었다.

　강 중앙의 수로에 떠 있는 범선들은 양탄자와 현화
(懸花)2) 로 장식되어 있었으며, 가지각색의 수많은
깃발들을 달고 있었다. 음악이 연주되었다. 헝클어진
수염과 머리털을 수련(睡蓮)과 등심초(燈心草)로 치
장한 하신(河神)3) 이 강물에서 떠올랐다. 그는 운(韻)을
넣은 긴 인사말로 손님들을 환영했다. 그는 인사말의
끝부분에서 서두르더니 읊고 있는 구절에서 그만 실
수를 했다. 그는 숨을 헐떡거렸는데, 몸이 뚱뚱했기
때문이었다. 또한 그는 헤엄을 친 탓에 지쳐있었다.

2) 장식용으로 걸어 놓는 꽃.
3) 공작의 궁정에서 일하는 연극 배우 중의 한 사람이 이러한 강물의 신의 역할을
　하고 있는 것임.

사람들은 그를 배 위로 끌어올렸으며, 음식을 주고 그에게 찬사를 보냈다. 그는 공작의 궁정배우들 중의 한 사람이었다.

이제 범선들은 꽤 많은 수의 가볍고 작은 노젓기보트들에 의해 영접을 받았다. 이 각각의 보트들에는 조수(漕手) 이외의 다른 사람이 앉을 자리라고는 오직 한 개밖에 없었다. 이 보트들이 범선들에 대어졌고, 손님들과 궁정사람들은 이 보트들에 나누어 탔다. 나이가 비교적 지긋한 사람들만이 차일천막(遮日天幕)4)이 쳐져 있는 그들의 범선들에 머물러 있었다.

이제 여우사냥과 흡사한 놀이가 시작되었다. 보트 하나가 상당히 앞서나가면서 멀어져 가더니 좁은 수로들이 뒤엉켜 나 있는 갈대 사이로 자취를 감추었다. 다른 보트들은 이 보트를 뒤쫓았다.

---

4) 햇볕을 가리기 위해 치는 천막.

리잔더는 여우역할을 하고 있는 그 보트에는 관심을 두지 않았다. 그는 옥타비아의 보트를 주시하면서 뒤따라갔다. 그의 조수는 오른쪽으로 가면, 그 여우를 가장 빨리 찾아낼 수 있을 거라고 그에게 일러주었다. 리잔더는 얼마 동안은 더 아껴두어야 했을 금화 한 닢을 그에게 사례금으로 주면서 자신이 시키는 대로 해야 한다고 말했다.

옥타비아의 보트는 다른 보트들과 함께 갈대 속으로 사라져 버리고 없었다. 리잔더는 그녀의 보트가 갑자기 나타나더니 다시금 사라지는 것을 목격했다. 다른 보트들은 종적을 감추고 없었다. 옥타비아의 보트가 다시 한번 보였으나, 그런 다음에는 미끄러져 내달리며 모퉁이를 돌아갔다. 리잔더는 조수에게 방향을 알려 주었다.

조수는 거기는 만(灣)인 데다가 막다른 곳이며, 거기에
선 더 이상 앞으로 나아갈 수 없고, 시간만 낭비하게 될
거라고 그에게 주의를 주었다. 그러나 리잔더는 그에게
노를 젓도록 했다.

옥타비아는 그 여우에 대해서는 신경을 쓰지 않고 얼
마간 달렸다. 여우를 잡는 영예는 여하튼 손님들에게
돌아가야 한다는 얘기가 있었기에, 그녀는 다른 보트들
과 함께 여우를 추적하는 것보다는 자신의 생각에 잠기
고 싶었다.

하늘에는 밝고도 따갑게 내려쬐는 태양이 떠 있었다.
매우 후덥지근했다. 옥타비아는 자기 앞에 작은 섬 하
나가 있음을 알아차렸다. 사냥에 쓰이는 오두막 한 채
가 버들숲에서 우뚝 솟으며 그 모습을 드러냈는데, 이
오두막은 네 개의 대피용 막사(待避用幕舍)[5]보다 크지

---

5) 원래는 보초를 서는 사람이 악천후 때에 이용하는 막사.

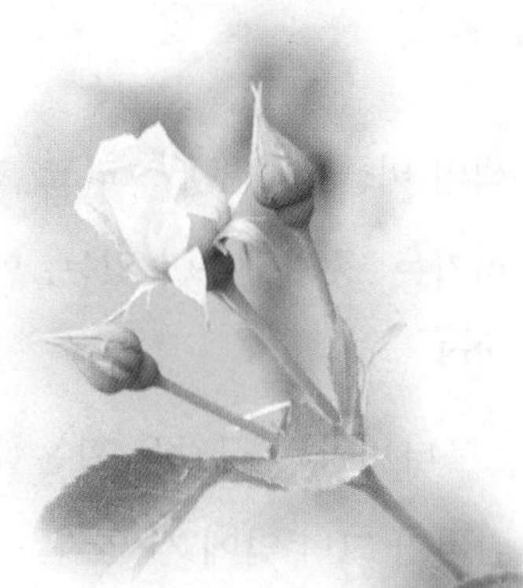

않았다. 옥타비아는 조수에게 정박하도록 시키고 뭍으로 올라갔다. 금방이라도 쓰러져 내려앉을 듯한 그 작은 오두막은 폐쇄되어 있었다. 옥타비아는 오두막으로 인해 그늘이 생긴 풀밭에 앉았다. 쓸쓸했고, 정적이 감돌았다. 노젓는 소리와 외쳐 부르는 소리는 오래 전에 그쳐 있었다. 이따금씩 물고기가 물에서 튀어 올랐고, 오리가 꽥꽥거렸으며, 아비(阿比)[6]나 물닭 또는 알락백로가 울어댔다. 그 외엔 늪에서 사는 모기들과 잠자리들이 단조롭게 윙윙거리는 소리만이 들렸다. 또한 회녹

---

6) 바다에 서식하며, 오랫 동안 물 속에 잠길 수 있는 새.

색의 버들숲벽(壁), 그리고 그 위로 태양과 느릿느릿 흘
러가는 증기구름이 있는, 흰빛에 가까운 하늘만이 보
였다.

옥타비아는 꿈같은 황홀함에 빠져들었다. 리잔더가
갑자기 그녀 앞에 서 있자, 그녀는 움찔했다. 그녀는 매
우 놀라워했으며, 얼굴을 붉혔다. 왜냐면 이 순간 그녀
는 자기가 리잔더를 기다리고 있었다는 것을 알게 되었
기 때문이었다.

두 사람은 당황했고, 마음속에 느끼고 있는 것을 표현
하기 위해 서로에게 어떤 말을 해야 할지를 몰랐다.

옥타비아는 그에게 어째서 여우를 뒤쫓질 않느냐고
물었다. 그는 그 질문에 대답하지 않고, 그녀 옆에 앉아
그녀가 내맡기는 손을 잡았다. 그녀는 두 눈을 감았다.
리잔더는 매우 오랫동안 이 순간을 기다려왔노라고 어
렵게 말했다.

Ungarische Rosen-Zeitung
Fünfkirchen-Szabolcs.

「저도 그래요.」라고 옥타비아는 속삭였는데, 그 소리는 거의 들리지 않았다.

「그게 정말이오?」라고 그는 물으며, 그녀의 두 손에 입을 맞추었다. 그런 다음 그들은 다시 얼마 동안 더 이상 아무 말도 하지 않았다.

마침내 리잔더가 말했다. 「우리에게 주어진 시간은 잠시 뿐이요. 낙오자나 길을 잃은 사람이 보트를 타고 언제라도 이 섬에 올 수 있으며, 또한 우리들의 두 조수도 생각해야 하니까 말이오.」옥타비아는 그의 이런 말을 의아해 했다. 왜냐면 그녀는 모든 세계와 모든 시간이 사라지고, 그리고 여우사냥도 궁정도 더 이상 존재하지 않는 것으로 생각되었기 때문이었다.

리잔더는 계속해서 말했다. 「난 오랫동안 당신에게

사랑과 신의(信義)를 지켜왔소. 난 그것이 똑같은 사랑
과 똑같은 신의로 내게 보답되기를 바라는 것 말고는
다른 어떠한 바램도 없소. 그렇게 될 수 있겠소?」 옥타
비아는 두 팔로 그의 목을 감싸면서 「네.」 라고 말했다.

리잔더는 이제 더 이상 아무 말도 하지 않았다. 그는
옥타비아에게 다시 한 번 입맞춤을 했고, 그런 다음 그
의 보트로 갔다.

그 후로 그들이 함께 얘기를 나눌 수 있는 기회는 매
우 드물었고, 잠시라도 둘만이 있을 수 있는 기회는 더
더욱 그랬다.

그 무렵 리잔더는 심사숙고하면서 자신의 계획을 세우고 있었다. 여름이 무르익어 가는 어느 날 밤 성(城)의 정원에서 축제가 벌어졌을 때, 그는 횃불로부터 떨어진 곳에서 옥타비아와 함께 월계수길을 거닐 기회를 갖게 되었다. 그들은 서둘러 서로에게 입맞춤을 했으며, 그런 다음 리잔더는 자신이 계획하고 있는 것을 그녀에게 말했다.

그 즈음 성으로부터 아주 멀리 떨어져 있는 어떤 지역이 발견되었다. 많은 사람들이 그곳으로 갔다. 특히 고향에서 자신에게 돌아올 유산을 기대할 수 없는 비교적 젊은 사람들이 그랬다. 많은 사람들이 그곳에서 죽었지만, 어떤 사람들은 부와 높은 지위를 얻어 다시 고향으로 돌아왔다. 리잔더는 자신의 궁정생활을 통해서 공작 집안의 형편에 대해 잘 알고 있었다. 공작의 영토는 작은데다 부채를 지고 있었고, 공작은 옥타비아의 언니들이 결혼할 때에 그의 욕심대로 막대한 지참금을 주었다. 그러므로 막내딸을 장원(莊園)을 다스리는 영주(領主)와 결혼시킬 수 있는 이렇다할 전망은 더 이상 없었다. 그래서 리잔더는 자신의 계획에 신이 행운을 내려 주고, 또 자신이 바라는 신분이 되어 돌아온다면, 그녀의 아버지로부터 옥타비아를 얻을 수 있을 거라는 희망을 품게 되었다.

리잔더가 그 소녀에게 이런 계획을 털어놓는 동안에 그들은 월계수길을 지나 어두운 공원 안으로 들어갔다. 베어낸 풀이 아직 공원의 풀밭 위에 놓여 있었고, 그 풀에서는 강렬하고도 달콤한 냄새가 나고 있었다. 공원의 작은 연못에서는 개구리들의 꽥꽥거리는 소리가 들려왔다. 그 외엔 먼 곳에서 짖어대는 개의 소리만이 들렸다. 왜냐면 음악은 그쳐 있었고, 축제에서 나는 다른 시끄러운 소리들은 이곳까지는 다다르지 못했기 때문이었다.

리잔더와 옥타비아는 돌로 지어진 누각이 서 있는 언덕으로 올라갔다. 이곳에 그들은 앉았다. 옥타비아가 말했다. 「당신이 그토록 먼 곳으로 떠날 작정이라고 하니, 제 가슴이 뛰기를 멈추려 해요. 하지만 제가 당신보다 용기를 덜 가져선 안될 테지요.」

그녀의 손이 리잔더의 팔에 놓여 있었다. 리잔더는 그 손이 떨리고 있음을 느꼈다. 그는 말했다. 「모든 시간은 재어야 할 필요가 있소. 우리 인간들은 그것과는 다른 방식으로는 살아 갈 수 없는 법이며, 영원한 것은 신이 자기자신에게만 허용하고 있소. 7년 동안 내가 돌아오기를 기다리겠다고 약속해 주겠소?」

「7년 동안, 그리고 영원히라도.」 라고 옥타비아는 대답했다.

「그건 꼭 7년이 될 거요.」 라고 리잔더가 말했다. 「 7년이 지난 후에도 내가 돌아오지 않으면, 그걸 내가 죽었다는 표시로 받아들이시오. 그런 다음엔 당신의 마음이 이끄는 대로 하시오. 이 7년이라는 기간은 날짜까지 정확히 들어맞을 것이고, 내가 떠나는 날로부터 계산될 거요. 이 떠나는 날은 내가 정리해야 할 일이 아직 몇가지 남아 있기에 오늘은 아직 정할 수가 없으나, 그날은 곧 있게 될 거요. 하지만 그 이별은 오늘 미리 하기로 합시다. 왜냐면 우리가 함께 있을 수 있는 기회를 다시 한 번 갖게 될지는 알 수 없으니까 말이오.」

「그 이별은 오늘 하기로 해요.」 라고 옥타비아가 되

풀이했다.

「그리고 이후로 혹시 우리에게 주어지게 되는 모든 만남은 예기치 않은 선물로 여기기로 합시다.」

리잔더는 옥타비아가 나지막하게 흐느끼는 소리를 들었다. 그는 그녀를 사랑스럽게 달래며 말했다. 「옥타비아, 나는 당신에게 이별의 뜻으로 무엇인가를 주려고 하오. 하지만 누군가의 눈에 띌 수도 있으니, 그걸 내 자신이 직접 당신의 손에 쥐어줄 수는 없소. 내가 떠났다는 소식을 듣게 되면, 그날중으로 정원 안으로 가시오. 분수의 뒤편, 그러니까 성의 해자(垓字)[7]의 말오줌나무덤불과 자정향나무덤불이 시작되는 그곳에서 당신

- -
7) 특정한 목적을 위해 파놓은, 비교적 길고도 좁은 도랑(=작은 개울).

은 눈처럼 하얀 나무화분에 담겨 있는 서반아 장미나무를 보게 될 거요. 그 장미나무를 당신이 가지고 돌보아 주오.」

「그렇게 할께요.」라고 옥타비아가 말했다. 「제가 이제까지 어떤 식물에 대해서도 쏟아보지 않은 정성으로 그 나무를 돌볼 거예요. 하지만 당신을 기억하기 위해서라면 그것이 관목(灌木)8)일 필요는 없을 텐데요.」

「그 나무는 여느 관목과 같은 것이 아니라오.」라고 리잔더가 말했다. 「내가 자란 장원(莊園)에는 한 늙은 양치기가 있소. 나는 그를 어렸을 때부터 잘 알고 있으며, 또한 내 외로운 어린시절에 그에게서 적잖은 호의를 입었다오. 그는 만사에 정통한 사람이라오. 난 그에게 나무를 돌보는 기술을 가르쳐 줄 것과 그 장미나무를 손보아 줄 것을 부탁했소. 그 나무가 서 있는 흙에는

---

8) 대체로 사람의 키보다 작고, 뿌리가 시작되는 곳 바로 윗부분에서부터 가지를 많이 치는 나무.

나의 머리카락들과 손발톱조각들이 섞여 있고, 뿌리에
는 나의 피가 적셔져 있소. 게다가 그는 그 장미나무에
온갖 다른 시도를 더 했다오. 그는 작은줄기에다 표시
를 했고, 나의 이름과 나의 가문의 문장(紋章), 그리고
나의 탄생시간의 별자리까지도 새겨 놓았다오. 이 모든
것들에 의해 그 장미나무의 생명과 나의 생명 사이에는
하나가 다른 하나의 닮음이 되는 그러한 결합이 이루어
졌소.

　이제 당신은 그 관목을 매우 면밀하게 관찰해야 하오.

그 나무가 시들어 생기를 잃기 시작하면, 당신이 할 수 있는 모든 힘을 다하여 당신의 생각을 내게로 향하게 하고, 또한 나를 위해 기도해 주시오. 그럴 것이, 이는 내가 위험에 처해 있고, 내 자신의 생명이 위협받고 있다는 신호가 될 것이기 때문이오. 하지만 꽃이 피고 잘 자라 무성하게 된다면, 나에 대해서는 조금도 염려하지 마시오. 그렇지만 그 나무가 시들어 죽어버린다면, 당신은 나의 귀환을 더 이상 기다리지 마시오. 왜냐면 그렇게 된다면, 나는 죽은 것이 될 테니까 말이오. 그리고 완전하게 7년이 될 때까지 얼마나 많은 시간이 더 남아 있는가에 상관하지 말고, 자유롭게 당신의 마음이 가고자 하는 방향으로 가면 되오.」

Oktavia rief einen Gärtnerjungen und befahl ihm, den Rosenstock zum Palast zu tragen. Der Junge wunderte sich, wie der Rosenstock in jene Gegend des Schloßgartens geraten sein möchte. Aber da Oktavia ihn nicht zu einem Gespräch ermunterte, so wagte er nicht zu fragen. Am Eingang des Gartensaales trafen sie einen Diener, der mußte den Kübel in Oktavias Zimmer schaffen und ihn dort zu den vielen anderen Topfgewächsen stellen.

Von nun an waren Oktavias Gedanken auf den spanischen Rosenstock gerichtet, wie sie immerdauernd auf Lysander gerichtet waren. Ja, im Anfang konnte es geschehen, daß sie plötzlich eine Sorge überfiel und eine heftige Sehnsucht, dann stahl sie sich unter irgendeinem Vorgeben von den andern fort und eilte in ihr Zimmer, um sich der unveränderten Lebenskraft und des unangefochtenen Reichtums der Rose aufs neue zu versichern. Denn dieser Rosenstock war nun ihr Leben; nur an ihm maß sie das Steigen und Sinken der Jahreszeit; in seiner Pflege hatte sie eine tägliche Probe

「그것에 대해선 당신이 말할 필요가 없어요.」라고 그 소녀는 말했다.

리잔더는 이러한 항변에 대해 대답하지 않았다. 오히려 그는 그런 일이 생길 경우에는 누군가를 시켜 작은 줄기의 심재(心材)[9]로 묵주(默珠)[10]를 만들게 하고, 또한 그의 영혼을 위해 기도해 주면 좋겠다고 옥타비아에게 부탁했다. 그는 계속해서 말했다. 「당신이 내게 편지를 쓰고 싶을 때는, 쓰고는 태워버리시오. 그런 다음 그 재를 나무의 흙 속에 섞어 넣으시오. 그러면 마치 당신의 사랑의 말이 나에게 전해진 것처럼 될 거요. 그리고 매달 한 번 달이 완전히 차게 될 때, 그 장미나무를 열린 창문에 세워 놓아 둥근 달이 그것을 비추게 해주

---

9) 나무의 겉 껍질과 안 껍질을 제외한, 중심에 가까운 부분.
10) 6개의 큰 구슬과 53개의 작은 구슬을 꿰어 만든 것으로 사슬 모양을 하고 있으며, 가톨릭에서 특히 성모 마리아에게 기도를 올릴 때에 기도의 횟수를 틀리지 않도록 하기 위해 사용됨. 〈로자리오〉라고 부르기도 함.

시오. 나 또한 그 시각에 달을 쳐다보게 될 텐데, 그러면 당신과 나 사이에 결합이 이루어지게 될 거요. 하지만 내가 지금 당신에게 말한 이 모든 것에 대해서는 어느 누구에게도 말해서는 안되오.」

옥타비아는 눈물에 젖은 얼굴을 리잔더의 어깨에 기대고는 말했다. 「당신이 말한 모든 것을 할 거예요.」

리잔더가 말했다. 「우린 이제 가봐야 하오. 그렇지 않으면 사람들이 당신이 없다는 것을 알고서 야단들일 테니 말이오.」

이때 그들은 일어섰다. 그리고 누각을 떠나 언덕을 내려왔다. 그들은 풀밭을 지나 어두운 월계수길에 이르렀다.

음악소리가 다시 들리기 시작했다. 그들은 어두운 나뭇가지들 사이로 각양각색의 조명탄들, 즉 은색, 연녹색, 적색, 청색, 불꽃색의 조명탄들이 솟아오르는 것을

보았다. 그리고 사람들에게 약속으로, 희망의 보증으로
주어져 있는 무지개처럼 모든 색깔을 그 안에 하나로
모으고 있는 그런 조명탄들이 솟아 오르는 것도 보았다.
그들은 월계수길이 끝나는 곳에서 헤어졌다. 이후로
그들은 여러 날 동안 내내 먼발치에서만, 그렇지 않으
면 많은 다른 사람들이 있는 가운데서만 서로를 보았다.
　어느 날 오전에 옥타비아는 리잔더가 그녀의 아버지
에게 하직을 하고 그 도시를 떠났다는 것을 들었다. 이

날은 사도(使徒) 베드로와 바울의 제일(祭日)[11]이었다.
이날 그녀는 무거운 마음으로 성의 정원 안으로 갔다.
리잔더와 함께 다녔던 모든 길을 거닐었다. 그 길들은
그녀에게 낯설게 여겨졌고, 밝은 햇빛을 받고 있는데도
빛나 보이지 않았다. 분수의 뒤편, 즉 성의 해자의 말오
줌나무덤불과 자정향나무덤불이 있는 곳에서 그녀는 그
서반아 장미나무를 발견했다. 눈처럼 하얀 나무화분은
멀리에서부터 가지들 사이로 빛을 발하고 있었다. 그녀
는 다가갔으며, 진홍색 꽃들의 향기를 들이마셨다. 잎
사귀들을 쓰다듬었고, 초록색의 부드러운 잔가지들에
서 갈색빛을 띠고 자라고 있는 어린 가시들을 어루만졌
다. 그리고 이 나무가 이제부터는 리잔더가 돌아올 때

11) 예수의 두 제자인 베드로와 바울을 기리는 날로 매년 6월 29일이 됨.

까지 자신이 가장 사랑하는 소유물이자 친구가 되리라고 생각했다.

  옥타비아는 한 정원도제(徒弟)[12]를 불러 장미나무를 궁전으로 가져가도록 했다. 그 도제는 장미나무가 어떻게 성의 정원 그곳에 있게 되었을까 하고 의아하게 생각했다. 그러나 옥타비아가 그에게 말을 걸 만한 분위기를 만들어주지 않았기 때문에, 그는 감히 물어보려 하지 않았다. 정원을 향하고 있는 홀의 입구에서 그들은 한 하인을 만났다. 그 하인은 화분을 옥타비아의 방 안으로 가져가 다른 많은 화분식물이 있는 곳에 세워 두었다.

12) 정원사가 되기 위해 정원의 일을 배우는 사람.

옥타비아의 생각이 언제나 리잔더에게로 향해 있었듯이, 이제부터는 그녀의 생각은 서반아 장미나무에게로 향해 있었다. 정말 그랬다. 리잔더가 떠난 뒤, 처음에는 걱정과 격렬한 동경이 갑자기 그녀를 엄습했는데, 그럴 때면 그녀는 어떠한 핑계를 대서라도 다른 사람들을 슬쩍 피해 나와 장미의 변함 없는 생기와 완전한 풍성함을 다시 확인하기 위해 서둘러 자신의 방으로 갔다. 그럴 것이 이제 이 장미나무는 그녀의 생명이었기 때문이었다. 그녀는 계절이 오고 가는 것을 오로지 이 나무로 헤아렸으며, 이 나무를 돌보는 것으로 리잔더에 대한 자신의 신의(信義)를 매일 시험했다. 물을 주고, 가지를 쳐주며, 모든 해충으로부터 지켜주었다.

나무를 옮겨 심을 경우엔, 그녀는 이전의 흙이 하나도 떨어져 나가지 않도록 세심한 주의를 기울였다. 보름달이 뜰 때면, 그녀는 그 관목을 열린 창문으로 옮겼다.

그런 다음 둥글고 빛나는 달을 쳐다보았다. 그러면 리잔더와 헤어져 있다고 여태껏 생각해왔던 것이 착각으로 여겨졌다. 그런 밤에는 그녀는 또한 자신의 생각을 편지에 썼으며, 그것을 양초에 태워버리고는 그 재를 뿌리 가까이에 있는 흙 아래에 섞어 넣었다. 그녀는 리잔더와의 이별로 인한 모든 슬픔에서 벗어나게 되었고, 장미나무에 대해 확신하고 있는 것과 같이 리잔더에 대해서도 확신했다. 또한 그 나무가 아름다움과 신선함을 유지하고 있었으므로, 그녀는 안심이 되었고, 희망에 차 있었다.

리잔더가 떠날 무렵 옥타비아는 아직은 무척 어렸었다. 그녀는 7년이 지난다 해도 세상의 많은 아가씨들이 결혼하는 연령이 채 될 수가 없을 정도로 어렸다. 그리고 모든 사람들은 달이 갈수록 그녀의 아름다움이 더해 간다고 생각했다.

처음에는 그녀의 방안에 들어가는 사람이면 누구나 그 장미나무에 대해 경탄했고, 이런 나무를 어떻게 얻게 되었냐고 옥타비아에게 물었다. 그럴 것이 어느 누구도 그런 활력과 풍성함을 지닌 관목을 본 기억이 없었기 때문이었다. 옥타비아는 그 관목은 성 정원의 덤불에 있었으며, 그곳에서 가져왔다는 대꾸만 하곤 했다. 그리고 시간이 흐르면서 그녀의 주변사람들은 그 장미나무에 친숙해져 더 이상 물어 보지 않았다.

리잔더가 떠난 지 3년째 되던 해에 궁정에 한 남매가 찾아왔다. 이들은 공작집안과 아주 먼 친척관계에 있었

다. 하지만 한 장원을 다스리는 가문의 사람들은 아니
었다. 오빠의 이름은 피레니오였고, 누이의 이름은 크
레리아였다. 이들은 고향에 지극히 보잘 것 없는 유산
만을 갖고 있기에, 공작은 그들을 부양해 주려고 했다.
그래서 공작은 피레니오에게는 이전에 리잔더가 맡았던

자리를 주었고, 크레리아는 그의 딸 옥타비아의 친구
겸 동행자가 되게 하였다.

　얼마 지나지 않아 피레니오는 옥타비아를 사랑하게
되었고, 그녀를 아내로 맞이했으면 했다. 그럴 것이 친

척관계가 멀어서 결혼하는 데에 전혀 지장이 없었기 때
문이었다. 공작집안의 친척인 피레니오는 물론 리잔더
보다 더 쉽게 옥타비아에게 접근할 수 있었다. 그러나
그것이 옥타비아의 애정을 얻는 데 도움이 되지는 못했
다. 옥타비아는 그가 그녀의 애정을 얻으려고 애쓴다는
걸 전혀 눈치채지도 못했고, 또한 그가 암시하는 말도
이해하지 못했다. 한편 그는 구혼을 더욱 서두르면, 옥
타비아를 놀라게 하여 서로의 사이가 멀어지게 되지는
않을까 두려워했다.

피레니오는 어찌할 바를 몰라 하면서 크레리아와 상
의했다. 오빠를 매우 좋아하는 그녀는 그에게 인내하도
록 충고했다.

그녀는 말했다. 「옥타비아는 아직 남자에 대해서 관
심이 없어요. 오빠는 그녀가 서서히 오빠에게 친숙해지
도록 하세요. 나는 그녀에게 자주 오빠에 대해 얘기를

하겠어요. 그렇지만 옥타비아가 오빠를 사랑하게 되어 그녀의 아버지한테 오빠를 좋게 말하기 전에는, 오빠는 그녀의 아버지에게 청을 해서는 안돼요. 왜냐면 그녀의 아버지는 아마도 당분간은 그녀를 위해 시간을 두고서 오빠보다 더 부유하고 더 많은 권세를 가진 신랑감을 찾으려는 생각을 할 테니 말이에요.」

그런데 이 남매가 공작의 궁정에 온 지 1년이 지난 후에 다음과 같은 일이 일어났다. 오래 전 출정(出征)이 있었을 당시에 공작의 맹우(盟友)[13]였으며, 아내를 잃은 부유한 중년의 변경방백(邊境方伯)[14]이 공작에게 기별을 보내왔다. 공작을 기꺼이 방문하고자 하며, 공작과 함께 옛날의 그 시절에 대하여 얘기를 나누고 싶다는

---

13) 특정한 목적을 위해 동맹을 맺은 관계에 있는 사람.
14) 공작과 백작 사이의 신분을 가진 자로서 한 나라의 국경지역을 다스리고, 특별한 권력을 행사할 수 있는 제후.

것이었다. 공작은 그를 대환영할 거라는 뜻을 전하도록
심부름꾼에게 당부했으며, 곧이어 그를 영접하기 위해
온갖 축제와 경의를 표하는 의례가 준비되기 시작했다.
그리고 변경방백이 바닷길을 이용할 작정이었기에, 공
작은 그를 맞이하러 나가려고 했다. 다시 여우사냥놀이
를 벌여야 했으며, 여러 날에 걸친 축제일을 물 위에서
보내게 되었다.

　공작은 그의 딸에게 이러한 계획을 알려 주었고, 행사
가 열릴 때면 참석해 줬으면 한다고 일러두었다. 그 말

을 듣자 옥타비아는 놀랐다. 왜냐면 그녀가 지금까지 단 하루도 장미나무와 헤어진 적은 결코 없었기 때문이었다. 또한 이 수상(水上)축제가 벌어지는 때에 바로 보름달이 뜨는 날이 들어 있었다. 그녀는 아버지에게 집에 머물러 있도록 허락해 달라고 청했다. 하지만 그녀가 이러한 요청을 하는 정당한 이유를 대지 못했기 때문에, 공작은 이 요청을 소녀들의 변덕으로 여기고 그의 뜻을 고집했다.

궁정사람들이 출발하는 날짜가 가까이 다가올수록 옥타비아의 마음은 그만큼 더 무거워져만 갔다. 옥타비아는 온갖 종류의 역경, 위험, 싸움으로 시달리고 있을지도 모르는 리잔더가 보름달빛 속에서 서로를 만나 이루는 그런 결합으로부터 신비로운 위안을 기대하는 걸 상상해 보았다. 그녀 자신 역시 매달 받고 있는 것과 똑같은 그런 신비로운 위안을 말이다. 하지만 그녀는 자기자신의 불안을 가장 두려워했다. '리잔더가 떠난 이후 지금까지 매일 그래왔던 것과 같이 장미나무의 상태를 확신할 수 없다면, 또한 그것으로 리잔더의 충실하고 무사한 삶을 확신할 수 없다면, 어떻게 평온하게 지낼 수 있을까?'

그런 걱정을 하는 가운데, 그녀는 자신의 비밀을 크레리아에게 털어놓는 것이 결국은 가장 확실한 방도라고 여기게 되었다. 옥타비아는 크레리아를 수상축제에 참가하지 않도록 하려면, 그녀를 아픈 것처럼 꾸며야겠다

는 계획을 세웠다. 처음부터 축제에 참가하지 않으려 했던 것을 잘 알고 있는 공작이 그녀에게로 즉시 의사를 보내겠지만, 크레리아가 아픈 것은 어떠한 의심도 받지 않을 것이라는 생각이었다.

물론 옥타비아는 그녀가 리잔더에게 했던, 즉 비밀을 말하지 않기로 한 약속을 어길 생각은 없었다. 그래서 그녀는 크레리아에게 비밀의 반쯤만을 털어놓게 되었다. 그녀는 아직 인생 경험이 충분치 않아서, 이렇게 반쯤만 털어놓는 것으로도 그녀의 비밀을 극도로 위태롭게 할 수 있다는 것을 몰랐기 때문이었다.

그리하여 그녀는 크레리아에게 자신이 이제 알려 주려는 것에 대해 비밀을 지켜 달라고 부탁하면서 애기를 시작했다. 크레리아가 그러겠다고 약속하자, 옥타비아는 얼굴을 붉히고 말을 더듬거리며 우정의 봉사를 해 줄 것을 그녀에게 부탁했다. 그것은 그 서반아 장미나무가 그녀에게는 중요하고 소중하다는 것, 하지만 그

이유에 관해서는 말할 수 없다는 것, 크레리아가 그녀
를 위해서 수상축제에 참가하는 것을 포기해 주면 좋겠
다는 것, 그 나무를 돌보는 일을 맡아 주면 좋겠다는 것,
그리고 나무의 상태에 관한 소식을 매일 아침 그녀에게
보내줬으면 한다는 것이었다. 그 외에도 크레리아가 그
장미나무를 이러이러한 방식으로, 또 이러이러한 시각
에 보름달빛에 내어놓아 주면 좋겠다고 했다. 그녀는
이 일과 관련되어 있는 것에 대해서도 이유를 묻지 말

아 달라고 크레리아에게 청했다.

크레리아는 옥타비아의 부탁을 들어주기로 그 즉시 결심하고 있었다. 왜냐면 오빠의 계획을 고려해 볼 때, 옥타비아에게 그렇게 하겠다는 약속을 하는 것이, 그리고 그녀의 신뢰를 가능한 많이 얻어 놓는 것이 좋겠다는 생각이 들었기 때문이었다. 또한 그녀는 옥타비아의 얘기 안에 암시되어 있는 비밀을 캐내는 것이 중요 하다고 여겼다. 그녀는 옥타비아의 그 계획을 시행하기가 얼마나 어려울 것인가, 또 그 일로 인해 자신이 얼마나 큰 희생을 치르게 될 것인가를 내비치며 겉으로는 잠시 거부하는 태도를 취했다. 이렇게 함으로로써 크레리아가 최종적으로 한 약속의 가치는 옥타비아의 눈으로 볼 때 는 높아지게 되었다. 옥타비아는 크레리아의 목을

껴안고는 감사에 넘치는 마음으로 그녀에게 입맞춤을
했다.

떠나기 전날 저녁 옥타비아는 그녀의 장미나무 앞에
서 오랫동안 앉아 있었다. 그녀의 가슴은 그녀와 리잔
더가 이별했던 그 날 저녁 때처럼 우울함과 불안으로
가득 차 있었다. 옥타비아는 벌꿀색을 띠고서 힘차게
커져 가고 있는 달을 쳐다보았다. 그녀는 작은줄기를
쓰다듬었고, 꽃들과 잎들에게 조심스럽게 입맞춤을 했

다. 그리고 그녀의 슬픔과 사랑을 편지에 썼다. 그녀는 편지를 양초에 태우고, 그 재를 흙 속에 섞어 넣었다. 그녀에게는 이 장미나무와의 작별이 마치 리잔더와 해야 할 두 번째의 이별인 듯 여겨졌다. 다음날 아침, 그녀는 일행과 함께 떠나기 시작했다.

　파벡이 여기까지 이야기를 했을 때, 그는 자신의 팔에 가만히 놓여 있던 크리스티네의 손이 갑자기 격렬하게 떨리기 시작하는 것을 느꼈다.

「떠나지 마세요.」라고 크리스티네가 간청했다. 그녀의 목소리는 이 두 마디 말의 의미를 훨씬 넘어서 두려움, 애원, 순종을 나타냈다.

파벨은 그녀에게 대답하지 않았다. 그녀 역시 대답을 기대하지 않았을 것이다. 왜냐면 그녀는 그가 이 여행을 단행하려 하건, 아니면 그만 두려 하건, 그것은 그가 결정할 수 있는 일이 더 이상 아니라는 걸 알고 있었기 때문이었다.

그는 잠시 침묵을 지켰다. 그런 다음, 자신이 하던 이야기를 계속했다.

옥타비아가 다시 강의 그 장소에 가게 되는 것은 리잔더와의 그 만남이 있은 이후로는 이번이 처음이었다. 잠시만일지라도 모든 축제에서 벗어나, 리잔더가 그녀에게로 다가왔던 그 섬의 적막함 속으로 빠져드는 일이 이뤄졌으면 하는 것이 그녀의 가장 큰 바람이었다. 그

러나 범선들은 강어귀까지 계속 나아갔으며, 조금 더 넘어서 만(灣) 안으로 들어갔다. 그리고 이곳에서 그 변경방백은 그의 수행원들과 함께 공작이 제공한 배에 올랐고, 예정된 모든 축하행사가 시작되었다.

수상축제가 열리는 기간에 매일 공작의 도시로부터 심부름꾼 한 명이 범선들이 있는 곳에 오기로 되어 있었다. 이 심부름꾼은 공작에게 그의 고문(顧問)들과 지방행정관들의 급한 보고들을 전해야 했으며, 또한 동시에 궁정관리들에게도 그들의 가족들이나 부하들의 기

별을 가져왔다. 이런 심부름꾼을 통해 옥타비아는 매일 크레리아로부터 장미나무가 평상시와 같이 만발하고 활기에 차 있으며, 그리고 그녀의 모든 지시사항들은 아주 엄밀하게 지켜지고 있다는 전갈을 받았다. 피레니오도 그런 심부름꾼을 통해 누이의 편지를 받았다.

오빠에게도 크레리아는 아픈 것으로 알려져 있었다.

이제 그녀는 궁정에 남아 있는 진정한 이유를 그에게 털어놓았다. 누이다운 애정과 그의 행운에 대한 누이다운 염려 때문에, 비밀을 지켜달라는 옥타비아의 요청을 어길 결심을 하게 되었노라고 편지에 썼다. 또한 그토록 많은 비밀스러움과 혼란에 싸여 있는 옥타비아의 얘기들로 인해, 자신은 그 장미나무에 틀림없이 어떤 특별한 사연이 있을 거라고 거의 확신케 되었다고 했다. 그녀는 피레니오에게 그런 식물이 헤어져 있는 연인들 사이의 중개물로 비밀스럽게 이용될 수가 있다는 것을 들어본 적이 없느냐고 물었다. 말하자면 한 사람이 다른 사람의 안부를 그것의 상태로 알 수 있게 이용될 수 있는지 말이다.

또한 그녀는 옥타비아가 얼마나 오래 전부터 장미나무에 대해 그런 알 수 없는 일을 하고 있는지 알아보았는데, 그게 그의 전임자인 리잔더가 떠난 시점과 대략

일치한다는 사실을 밝혀냈다고 말했다. 그녀는 자신이 옥타비아가 아직 사랑의 열정을 모르고 있다고 생각한 것이 얼마나 잘못된 것이었는가를 솔직하게 털어놨다. 옥타비아에겐 사랑의 열정이 있으며, 그 열정을 다른 방향으로 돌리는 일은 틀림없이 가능하다고 했다. 그리고 피레니오가 그의 목표에 더 가까이 다가가기 위해서는 이 며칠의 축제기간을 이용하면 좋겠다고 했다. 왜냐면 옥타비아가 리잔더에 대한 그녀의 사랑의 징표인 장미나무로부터 떨어져 있는 한, 그녀에게 접근하는 일이 그에겐 당연히 더 쉬울 게 틀림 없기 때문이라는 것이었다. 처음에 작은 실패를 하게 되더라도 이로 인해 마음이 흔들려서는 안되며, 크레리아 그녀 자신은 오빠가 좋은 결말을 얻을 수 있을 때까지 그의 행운을 위해 계속해서 노력할 거라고 했다.

크레리아는 쓸 말이 몇 가지 더 있긴 했어도, 그 이상은 쓰지 않았다. 오히려 그녀는 자신이 계획하고 있는 것에 관해서는 피레니오에게 알려주지 않기로 결정을 내렸다. 오빠가 관지자(關知者)[15]도 공범자이어서도 안 되며, 스스럼없이 행동하는 사람, 순수한 마음으로 행운을 맞이하는 사람, 편안하게 행복을 누리는 사람이

되어야 한다는 생각에서였다. 하지만 그녀 자신은 의심을 가져서는 안되고, 목표의식이 분명해야 하며, 단호해야 한다고 생각하였다. 그녀는 자신이 하려는 일에

15) 어떤 일에 관련되어 그것에 대해 알고 있는 사람.

착수했다. 그녀는 심사숙고했으며, 통찰력있고도 은밀하게 뭔가를 찾아내고 결정하는 일을 지칠 줄도 모른 채 거듭했다. 또한 그녀는 옥타비아의 방 안에 있는 장미나무와 가장 닮은 나무를 찾게 될 때까지 자신의 돈을 아끼지 않았다.

한 정원사가 잔가지를 쳐주고, 또 끈으로 묶고 하여,그 새로 찾은 나무를 옮겨 심을 준비를 해 두었다. 그렇게 되자, 그녀는 옥타비아의 나무를 화분에서 뽑아내고는 그 다른 나무를 그 안에 심었다. 그녀는 이전의 흙부스러기 하나라도 그 새로운 나무에 달라붙지 않도록 세심한 주의를 기울였다. 그녀는 서서히 작용하는 어떤 산(酸)을 이 새로운 나무의 작은줄기에다 뿌렸다. 이 산은 그 나무를 확실하게 시들어 죽게 하는 것이었다. 그녀는 수많은 미세한 작은뿌리들에 의해 지탱되고 있고, 이전의 흙이 그대로 붙어 있는 그 뽑혀진 나무를 밖으

로 가지고 나가 황량하고도 외떨어진 정원모퉁이에 던
져버렸다. 이 일은 보름달이 있는 밤에 일어났다.

축제가 열리고 있는 그 주(週)의 불안하고, 소란하며,
혼란스러운 나날들 가운데서도 옥타비아에게 위안이
되는 것은 매일 전해지는 소식이었다. 물론 그녀는 그
런 위안을 매우 절실하게 필요로 했다. 왜냐면 자신이
추방당한 사람, 쫓기고 있는 사람인 것처럼 느껴졌기
때문이었다. 그녀는 특별히 그 변경방백을 두려워했다.
그가 선량하고 존경할 만한 남자라는 사실을 인정했지
만, 그의 뚱뚱한 배, 긴 수염, 굉굉 울리는 목소리를 두
려워했다. 그러나 그는 그녀와 함께 있기를 원했고, 그
의 야단스럽고도 세련되지 못한 태도로 그녀와 농담하
기를 좋아했다. 그래서 공작은 그의 마음에 들게 하기

위해, 축하연회가 있을 때는 자신의 딸을 그 손님의 곁에 앉도록 조처했다. 옥타비아는 변경방백이 그녀의 아버지와 함께 물새사냥을 할 경우에만 몇 시간 가량 마음의 편안함을 느낄 수 있었다.

　옥타비아가 크레리아로부터 매일 받는 짧은 편지들 중의 하나에서 크레리아는 다음과 같이 썼다. 옥타비아가 장미나무와 관계된 일체의 일들이 조심스럽고도 은밀하게 행해졌으면 한다는 것을 크레리아 그녀 자신이 잘 알고 있으며, 또한 그렇기 때문에 앞으로도 계속 심부름꾼이 옥타비아에게 편지를 건네주는 것은 눈에 띄어 소문거리가 되는 빌미를 줄 수도 있으니, 자기는 그것이 권장할 만하지 않다고 생각한다고 했다. 따라서 그녀는 이제부터 매일 그녀의 오빠에게 편지를 쓸 것이며, 그 편지 안에 옥타비아에게 보내는 편지를 동봉하겠고, 그러면 과묵하고 기사다운 남자인 오빠가 그녀에

게 이 편지들을 조심스럽게 건네줄 수 있을 거라고 했
다.
　실제로 그렇게 되었다. 그리고 이러한 방식을 통해서
이제 옥타비아와 피레니오는 비밀을 함께 가지게 되었

다. 옥타비아는 그와 그의 누이에게 고마워했다. 동시
에 그녀는 피레니오가 자신에게 매우 헌신적이고, 세심
하게 배려한다는 걸 알게 되었다. 그럴 것이 변경방백
이 범선들의 갑판 위에서건, 물가에서건, 옥타비아와

함께 거닐기를 원할 때면 — 이는 범선들이 각기 서로 다른 곳에 정박해 있기에 그럴 수가 있는 것인데 — 그녀가 그것에 대해 한마디도 하지 않았음에도, 피레니오는 다른 사람들의 이목을 끌지 않고서 불쑥 나타날 줄 알았기 때문이었다. 또한 그는 매우 능숙한 솜씨로, 자신의 의도를 눈치채지 못하게 하면서, 변경방백과 함께 있어야 하는 일에서 종종 그녀를 벗어나도록 해줄 수 있어서였다.

수상(水上)축제의 첫 주가 지난 뒤에 재차 여우사냥이 열렸을 때에도, 피레니오는 그런 식으로 행동했다. 그것도 그 첫 번째의 여우사냥이 벌어졌던 곳과 같은 구역에서 그랬다. 옥타비아는 이날 아침 일찍 오두막과 버들숲이 있고, 완전한 적막이 흐르는 그 섬으로 가고 싶었다. 거기에서 그녀는 사라져 버린 것 같지는 않으나, 그러나 심하게 위협받고 있는 것 같은 마음의 평화

를 다시 얻을 수 있기를 기대했다.

　그녀는 변경방백이 그의 보트를 타고서 자신의 보트를 뒤따라오는 것을 보았다. 그녀는 조수에게 측면의 지류(支流)로 방향을 바꾸도록 지시했다. 변경방백도 같은 길을 택하려고 했다. 그녀는 그 길 모퉁이의 주변을 주시하고 있었는데, 피레니오가 변경방백에게 접근하는 것이 보였고, 그가 변경방백과 나누는 얘기도 들을 수 있었다. 말하자면 피레니오는 재치있고도 존경을

표하는 태도를 취하고서 그에게 주빈(主賓)인 그가 잡
기로 되어 있는 여우를 추적하도록 권한 것이었다. 그
리고 피레니오는 그러려면 어느 길로 가야 하는지도 그
에게 열심히 설명하였다. 그 결과 짜증이 난 변경방백
에겐 자신을 옥타비아로부터 다시 멀어지게 하는 지시
를 조수에게 내리는 일 이외의 다른 선택이란 없었다.

  피레니오는 그와 조금 더 동행했다. 그러고는 마치 자
신의 보트의 상태와 조수의 서투른 노젓기솜씨가 어쩔
수 없이 그렇게 만들기라도 하는 것처럼 변경방백의 뒤
편에 처져 있었다. 그런 다음 그는 변경방백이 눈치채
지 못하게 하면서 옥타비아가 간 길로 갔다.

그는 그녀의 보트가 섬 가에 놓여 있는 것을 보았다. 그는 뭍으로 뛰어내려 그녀가 있는 오두막으로 갔다. 옥타비아는 풀과 덤불을 지나는 그의 발자욱의 바스락거리는 소리를 듣고 움찔했다. 그녀는 매우 놀란 채 그를 쳐다보았다. 그는 공손하게 몸을 굽혀 인사했고, 지금이 누이의 편지를 건네기에 가장 좋은 기회인 것 같다고 말했다.

옥타비아는 봉인(封印)을 뜯었다. 그리고 간절히 바란, 하지만 이미 익숙해져버린 소식, 즉 장미나무가 변함없이 잘 자라고 있다는 소식을 읽었다. 그녀는 편지를 건넨 사람에게 감사를 표했고, 혼란스러워 하면서 지금의 상황과 예전의 상황 사이에 있는 유사함에 대해 생각했다. 익숙한 세계는 아주 멀리에 있었고, 그 세계의 어떠한 소리도 어떠한 내음도 이 섬에는 다다르지 못했다.

피레니오는 비밀을 그녀와 함께 지키고 있기에 할 수

있는, 공손함이 깃든 친밀한 몇 마디의 말을 더 했다.
그런 다음 그는 작별인사를 하고 자신의 보트로 가서
섬을 떠났다. 그런 후 옥타비아도 오래 있지 않아 섬을
떠났다.

  싫든 좋든 여우를 뒤쫓아서 붙잡아야 했던 변경방백
은 이날 저녁에 승리자로 칭송을 받았다. 그는 거칠은
태도로 매우 호의적인 말을 옥타비아에게 건넸으며, 그

녀를 위해 자주 건배했다. 연회석은 호화로운 큰 범선의 갑판 위에 마련되어 있었다. 옥타비아는 위로를 받고 싶어서 횃불들, 내풍등(耐風燈)[16]들, 조명탄들의 밝은 빛 위로 고요한 밤하늘과 다음 날이면 완전히 둥글어질 달을 쳐다보았다.

다음날 일찍 공작은 그의 딸을 불러 변경방백이 그녀에게 청혼했음을 알려 주었다. 옥타비아는 매우 놀랐고, 눈물이 날 지경이었다. 공작은 변경방백이 비록 영주의 신분은 아니지만, 위엄이 있고 존경할 만한 남자이며, 게다가 대단히 부유하고, 또한 그의 오랜 전우라고 말했다. 그런 때문에 그를 사위로서 환영할 것이며, 공작인 그 자신은 막내딸이 그런 남자에게 보호받는 걸 볼 수만 있다면 차후에 편히 죽을 수 있을 거라고 했다. 그럼에도 불구하고 공작은 옥타비아 그녀의 의견을 존

16) 강한 바람에도 잘 견딜 수 있는 등불.

중할 거라고 했다.

그는 그녀의 기분을 가라앉혀 가며 비교적 오랜 시간 그녀에게 얘기했다. 그러는 동안에 옥타비아는 마음의 평정을 조금 되찾았다. 그녀는 아버지의 소망들에 대해 순종해왔음을 그가 잘 알고 있을 터이니, 그녀의 순종이 어떤 다른 것에로 향해 있을 경우에라도 그것을 존중해주면 좋겠다고 말했다. 말하자면, 그녀는 당분간은 처녀의 상태로 있겠으며, 지금부터 3년 후에 있는 사도 베드로와 바울의 제일 이전에는 결코 결혼하지 않겠다고 맹세한 것이었다.

단호한 성격이 아닌 공작에겐 이러한 대답이 싫지는 않았다. 그럴 것이 그는 그의 딸을 기꺼이 변경방백에게 줄 생각이 있었지만, 그녀가 결혼하기에는 아직 매

우 어리며, 또한 그녀의 아름다운 용모라면 어쩌면 앞
으로 그녀의 배필로 공작이나 심지어 왕까지도 구할 수
있을 거라는 생각을 했기 때문이었다. 그래서 그는 그
녀를 더 이상 몰아세우지 않았고, 오히려 그녀의 이마
에 입을 맞추면서 '됐다, 사람은 세월이 흐르면서 더 넓
게 보게 되는 법이지. 그리고 변경방백은 네가 정한 그
시점에 청혼을 다시 하면 될 것이고 말이다' 라고 했다.
　이러한 뜻에서 공작은 매우 예의를 갖추어 변경방백
에게 회답을 주었다. 그리고 변경방백이 3년 후에는 자

신이 결혼하기에는 거의 너무 늙어 있을 거라고 언짢게 말하자, 공작은 그의 어깨를 치고는 웃으며 그를 젊은이라고 불러 주었다. 변경방백은 기분을 가라앉혔지만, 이 일이 있은 다음엔 자신의 체류를 더 이상 연장하고 싶어하지 않았다. 옥타비아가 그에게 한번 더 얼굴

을 나타내지 않았어도, 그는 다음날 우정어린 작별을 했다. 작별이 있은 뒤 공작도 궁정으로 다시 돌아갈 것을 지시했다.

옥타비아는 당연히 가질 수 있다고 생각한 그런 평온
함과 안도감을 느끼지 못한다는 것에 대해 스스로를 비
난했다. 더 정확히 말하면, 그녀는 매우 불안해 하면서
보름달이 뜨는 시각이 다가오기를 기다렸다. 그녀는 다
른 사람들로부터 벗어나, 이제 다시 공작의 도시로 향
하고 있는 배의 뱃머리에 서 있었다.

후덥지근하고 흐린 저녁이었다. 바람은 약하게 불었
고, 뱃머리에서 이는 물소리는 거의 들리지 않았다. 옥
타비아는 기다렸으나, 달은 더디게 움직이는 구름장막
(帳幕) 뒤에 숨어 있었다. 이윽고 그 구름장막의 가장자
리가 약간 밝아졌다. 몸을 떨면서, 눈을 크게 뜬 채 옥
타비아는 빛나기 시작하는 은빛 속에서 리잔더를 맞이
하고자 했다. 이때 불에 타는 듯한 상처와 고통과도 같
은 것이 그녀의 가슴과 온몸에 경련을 일으키며 지나갔
다. 달은 어두운 구름장벽(障壁) 뒤로 다시금 사라져 버

렸다.

　옥타비아는 매우 혼란스럽고 불안한 마음으로 성에 도착했다. 그럴 것이 이 일주일 반 동안에는 리잔더가 떠난 이후의 그 어느 때보다도 더 많은 압박감과 불안감이 그녀의 가슴 속으로 파고들었기 때문이었다. 그녀는 자신의 방안으로, 그리고 그 장미나무로 가기 위해 여러 개의 계단과 복도를 달려 지나갔다. 그녀는 평온함에 싸여 있는, 그녀의 맑은 사랑을 받고 있는 그 나무에 가 있으면 모든 혼란스러움에서 벗어나 평안할 수 있으리라 생각했다. 그러나 마침내 숨을 헐떡이면서 그 나무 앞에 섰을 때, 그녀는 공허함과 낯설음 이외에는

아무 것도 느끼질 못했다. 그녀는 나무를 응시했으나,
그 나무에게서 기대했던 것을 찾아 볼 수 없었다.

　나무는 초라하고, 변해 버린 것 같았다. 그러나 그녀
자신이 마음의 균형을 매우 심하게 잃어버려서 그 변화
가 무엇 때문인지를 알 수가 없었다. 리잔더에게 편지
를 쓰려고 했다. 하지만 말이 그녀의 마음대로 되지 않

았으며, 종이 위에 옮겨지자마자 뒤틀리고 불명료하게
되어버리는 것을 느꼈다. 또한 그녀는 태우는 편지가
어째서 리잔더와 관계가 있는 것인가를 갑자기 더 이상
생각해 낼 수가 없었다. 그래서 편지를 쓰려는 것을 포

기했다. 그런 다음 그녀는 크레리아에게로 갔으며, 지친 모습을 한 채로 그간 보여준 우정과 세심함에 대하여 감사를 표시했다.

그런데 옥타비아는 그 장미나무가 예전에 보여줬던 친밀함을 더 이상 보여주지 못한다는 사실을 깨닫게 되자 놀라움과 걱정에 휩싸였다. 그녀는 이같은 일이 마치 자신이 신의를 지키지 못하여 일어난 것으로 여기고 스스로를 비난했다. 그렇지만 달리 어떻게 해 볼 도리가 없었다. 동시에 그녀는 리잔더의 모습이 자신의 마음 속에서 더욱 흐려져 가는 것을 느꼈다. 모든 의지력을 다해서 그의 모습을 되살리려고 애썼지만, 소용이 없었다.

그런 곤경 속에서 그녀는 장미나무가 계속 위태롭게

변화해 간다는 것을 알게 되었다. 그것은 더 이상 변화
가 아니라, 생기를 잃고, 시들어서, 말라죽어가는 것이
분명했다. 이러한 과정은 거의 시시각각으로 계속되었
는데, 처음에는 꽃으로, 다음에는 잎으로 옮겨갔으며,
가지를 거쳐, 마침내 줄기를 건드렸다.

옥타비아는 그녀의 절망하는 생각들을 끌어 모아 광
선(光線)다발처럼 리잔더에게로 보냈다. 그러나 그 생
각들은 그를 찾아내지 못하고, 힘을 잃은 채 되돌아왔
다. 옥타비아는 그를 위해 기도했다. 그녀는 모든 원예

기술을 다하여 돌보려 했지만, 그 나무는 서서히 죽어 갔다.

옥타비아는 리잔더의 목숨이 가망이 없는 것으로 여겼다. 그녀는 나무의 심재(心材)로 묵주를 만들게 하려고 장미나무를 흙에서 떼어냈다. 그러나 심재는 썩어 있었고, 벌레에 파먹혀 있었으며, 악취가 풍겼다. 이제 남은 일은 그 나무를 굴뚝 안으로 집어던지는 것 뿐이었다.

「그녀의 영혼의 상태에 대해서는 말할 필요가 없을 것이오. 다만 말해 두어야 할 것은 그녀가 그간 일어난 일에 대한 죄를 자기자신에게서 찾았다는 것이오.」

「어떤 죄인데요?」라고 이때 크리스티네가 물으며 파벨의 말을 중단시켰다. 「어리고, 인생경험이 없는 그녀가 나쁜 여자친구를 믿은 것이 도대체 죄가 될 수 있나요? 대관절 그녀가 어떻게 했어야 했단 말인가요?」라

고 그녀는 거의 화를 내며 물었다.

파벨은 대답했다. 「아! 크리스티네. 내가 말하는 죄란 사람들이 흔히 사용하고, 또한 무심코 쓰는 그런 의미의 죄가 아니오. 물론 옥타비아는 달리 처신할 수 없었소. 말하자면 선택의 여지가 없어서 죄를 지을 수밖에 없는 일들이 있소. 그리고 아마도 죄와 죄악의 차이라는 것도 이 점에 있을 것이오. 인간에게 죄를 지은 것은 신 앞에서 죄를 지은 것과는 다르기 때문이요. 그러나 이 문제에 있어 우리는 어쩌면 어떤 다른 것을 더 생각해 볼 수가 있을 거요. 외부에서 일어나고 있는 일은 인간의 영혼 안에서 일어나고 있는 일을 설명해 주고, 개략적으로 보여 주는 반영(反映)에 지나지 않는다는 것을 말이오. 또한 돌 안에 불꽃이 감추어져 있듯이, 일어난 일 뒤에는 의미심장한 것이 감추어져 있다는 것도 말이오. 따라서 겉으로 보기엔 옥타비아가 아무런 죄

를 짓지 않았는데도 장미나무에 불행이 일어날 수 있었다는 상황은, 동시에 다음과 같은 것을 의미할 수밖에 없는 것이오. 즉 그녀의 영혼 안에 있는, 리잔더를 향한 그 어떤 힘이 한층 약해져 갔다는 것이오. 그것을 아마 옥타비아도 느꼈을 것이며, 또한 그녀가 자기자신에게 하는 비난도 이것에서 생겨나온 것이오.」

「당신이 그렇게 생각하고 싶다면, 질문을 한가지 하게 해줘요.」 라고 크리스티네가 말했다. 「리잔더와 결합을 이루고 있는 장미나무에 이런 일들이 일어날 수

있었다는 것은, 리잔더의 내면에서도 그 어떤 힘이 더욱

약해져 갔다는 걸 뜻하지 않을까요?」

파벨은 나지막하게 대답했다.

「그렇소, 크리스티네. 아마도 그런 죄는 리잔더에게도

틀림없이 있었을 거요.」

두 사람은 한동안 말없이 개구리들의 꽥꽥거리는 소

리와 먼 곳에서 짖어대는 개들의 소리를 들었다. 궁정

교회의 탑으로부터 시각을 알리는 느린 타종소리가 들

려왔다.

「벌써 시간이 많이 됐어요.」 라고 크리스티네가 말했다. 「저는 곧 가봐야 될 것 같아요. 하지만 당신의 이야기가 벌써 끝난 것이라고는 믿고 싶지 않아요. 이야기를 계속 해줘요. 하지만 빨리 끝내셔야 해요.」

「알았소. 빨리 끝내겠소.」 라고 파벨은 우울한 기분으로 말했다. 「아마도 나는 이 마지막 저녁을 연장하려고, 호머[17]가 그랬던 것처럼 이야기를 천천히 하고 싶어하는 것 같소. 그러나 그래서는 안 된다는 것을 잘 알고 있소. 따라서 나는 다음의 것만을 이야기하려 하오. 옥타비아는 리잔더의 죽음을 심히 슬퍼했으며, 동시에 그녀가 비난하고 있는 자신의 마음의 해이함에 대해서도 한탄했소. 그리고 그녀의 고통은 그녀가 그것에 대하여 어느 누구에게도 얘기할 수 없었기에 더욱 커져갔소.

그런 일이 있고 난 바로 다음, 그녀에게 구혼을 했으

---

17) 고대 그리스의 2대(大) 서사시 「일리아드」 와 「오디세이」 를 썼다고 알려져 있는 작가.

면 하는 여러 젊은이가 궁정에 찾아왔소. 하지만 그들에겐 그녀가 매우 우울하고 접근하기가 어려워 보여서, 그들은 이내 그들의 희망을 버려야 했소. 그래서 그녀가 결국은 변경방백을 택할 수밖에 없으리라는 것이 분명해져 갔소. 이 점에 대해서는 그녀의 아버지도 점점 더 확고한 태도로 말했소. 그는 옥타비아가 어쩌면 변경방백에게 결혼을 분명하게 약속하는 결심을 지금 벌써 할런지도 모른다는 암시까지 했소. 궁정사람들 사이에서도 이러한 의견은 퍼져 있었소.

　이 즈음의 모든 걱정 속에서도 옥타비아에겐 이상한 위안거리가 생겼소. 즉 그녀는 성의 넓게 뻗어 있는 정원을 외로이 산보하던중에 한 외진 곳에서, 이전에는 결코 알아보지 못했던 어떤 장미덤불과 우연히 마주치게 되었소. 그건 서반아 장미나무였소. 그 나무의 꽃들은 그녀로 하여금 놀라웁게도 리잔더의 장미나무를 생각나게 하였소. 그렇지만 그 나무는 나무화분의 크기 때문에 더 이상 자라지 못하는 그런 장미나무보다 훨씬, 훨씬 우람했소. 이미 거의 울창한 정자를 이루고 있는, 정말이지 힘차고도 멋지게 뻗어가고 있는 덤불이 만들어져 있었던 거요.

　이 정자는 이제 옥타비아에게는 가장 좋아하는 산보의 목적지가 되었소. 이곳에서 그녀는 안락함과 마음의 평화를 느꼈소. 한편 그녀는 이 관목이 어떻게 자신의 시선에서 여태껏 벗어나 있었는지 계속 의아해 하였소.

그녀는 정원사들 중의 한 사람에게 물어보고 싶었지만, 그런 것에 대해 얘기하는 것이 부끄러웠소.

리잔더의 죽음으로 인한 옥타비아의 슬픔은 점차 누그러져 갔소. 그리고 그녀는 피레니오가 자신을 대하는 친절하고 부드러운 태도가 맘에 들었소. 피레니오는 옥타비아와 마찬가지로 리잔더의 죽음을 믿고 있었소. 그런데 그것은 옥타비아가 예전에 리잔더를 사랑했던 것처럼 그를 사랑한 것은 아니었소. 물론 그녀는 이것을 당연하게 여겼소. 그럴 것이 그녀는 사람은 마음을 다 해서는 단 한 번만 사랑할 수 있을 거라고 말하는 노래들, 격언들, 이야기들을 아직도 믿고 있었기 때문이었소.

그러나 그녀는 자신의 인생을 변경방백보다는 오히려 피레니오와 함께 하려 했소. 그래서 어쩌면 이렇게 말할 수 있을 것이오. 옥타비아는 피레니오를 사랑했다고 말이오. 어쨌든 그녀는 마침내 피레니오의 끈질기고도 치밀한 구혼에 굴복하고 말았소. 하지만 변경방백에 대해 점점 더 자주 언급하는 공작이 그런 결합에 동의하지 않을 것이 확실했소. 그래서 크레리아는 옥타비아가 자신과 피레니오와 함께 도망을 가면 좋겠다고 제안했소. 도망이 일단 실행되면, 공작은 그의 성미대로 한동안 매우 격하게 분노를 터뜨리겠지만, 그런 다음에는 그 일을 받아들일 것이며, 결국에는 잘된 일이라 여길 거라 하였소. 옥타비아는 매우 오랫동안 마음을 정하지 못하였는데, 그러는 동안에 변경방백에게 확약한 그 베드로-바울의 제일(祭日)이 다가왔소. 옥타비아는 크레리아의 영리함과 경험을 믿었고, 또 도주를 하는 것 이외에는 자신을 위한 다른 방도를 더 이상 알지 못했기 때문에, 그녀의 마음이 여러 갈래로 흩어지고 있었지만, 결국 그 제안에 동의하고 말았소.

어느 날 아침 일찍 세 사람이 사라져버렸고, 모든 수색이 허사가 되자 궁정에는 몹시 커다란 소동과 심히 큰 걱정거리가 생겼소. 공작은 저주하는 말을 퍼붓는가 하면 흐느껴 울기도 했소. 또한 공작은 자기자신을 심하게 비난하면서 자신이 변경방백과의 혼약을 얼마나 강하게 고집했었던가를 생각해 보았소. 동시에 그는 다음날 방문하기로 되어 있는 변경방백이 두려웠소.」

파벨은 침묵했다.

「당신의 이야기는 여기에서 끝이 나는가요?」라고 이
미 그전부터 약간 불안한 빛을 내보였던 그 소녀가 물

었다. 「그리고 왜 제게 하필이면 이런 이야기를 한 거죠?
그것도 다름 아닌 이 마지막 날 저녁에 말이에요?」

「모르겠소. 그냥 그래야 한다는 생각이 들었을 뿐이
오.」라고 파벨은 침울하게 대답했다. 「이 이야기가 여

기에서 끝이 나느냐고 물었소? 아니요. 당신이 원한다면 이 이야기는 아직 끝난 게 아니오.」

「제가 원한다면이라고요? 그러면 당신은요?」

파벨은 말했다. 「아! 크리스티네. 이 이야기는 끝나서는 안되는 거라오. 나는 정말이지 밤새 내내, 그리고 천일 밤 천일 낮 동안 내내, 이곳에 이렇게 당신 옆에 앉아, 당신의 손을 잡고서 당신에게 더 이야기를 할 수 있다면 좋겠소. 나는 그들의 도주가 어떻게 되었는지를 당신에게 이야기하고 싶소. 그러니까 크레리아와 피레니오는 말을 타고 약속한 장소에서 옥타비아를 기다렸지만, 소용이 없었소. 그래서 모든 일이 탄로가 나서 낭패를 맞게 됐다고 여기고 그들만이 도주를 했다오.」

「그러면 옥타비아는요?」라고 크리스티네가 물었다.

「옥타비아는 먼동이 트기 전에 마지막으로 한번 더 그녀의 장미덤불로 갔소. 그녀는 많은 생각에 잠긴 채 그곳에 앉아 있었는데, 장미정자가 무성하게 자라기 시작하여 그녀를 완전히 에워싸버릴 때까지도 이를 알아채지 못했소. 하지만 이 일로 인해 옥타비아에게는 불안감이 엄습한 것이 아니라, 오히려 부드러운 평온함과 행복한 잠이 밀려 왔소.」

「그런 일이 일어났다고요?」라고 크리스티네는 큰소리로 말했다. 「조금 전에 당신이 말했듯이, 외부에서 일어나고 있는 모든 일은 비유에 불과하다는 걸 아직 기억하고 계시겠죠? 그렇다면 그 장미나무가 옥타비아의 주위에 보호벽으로 쳐질 수 있었다는 것은··· 그건 옥타비아의 영혼과 리잔더의 영혼 안에는 예전의 사랑과 예전의 신의를 만들어내고 지켜나가는 어떤 사랑의 힘과 사랑의 용기가 아직도 작용하고 있었다는 표시가 아닐까요?」

파벨은 고개를 끄덕이고는 크리스티네의 손을 꼬옥 쥐었다. 크리스티네는 청했다. 「제게 더 이야기하였으면 했던 것을 이제 빨리 해주세요.」

파벨은 이야기를 계속했다. 「난 리잔더의 고난과 승리, 그리고 보름달이 있는 그 밤에 그를 엄습한 극심한 두려움에 대해 당신에게 이야기하였으면 했다오. 또한 폭풍과 장애물 때문에 두 사도의 제일 직전에야 겨우 그 항구도시에 도착할 정도로 지연된 그의 귀환에 대해서도 말이오. 그런데 그곳에서 리잔더는 어떠한 배도 더 이상 구할 수가 없었소. 변경방백이 그의 신부를 호화스럽게 데려오려고, 자기자신과 그의 수행원들을 위

해 모든 배를 예약을 해 놓았기 때문이었소. 리잔더는 그곳에 그의 말(馬)들, 하인들, 모든 짐을 남겨 두었고, 변경방백의 주선(主船)에 자신만을 위한 자리 하나를 얻게 되었소. 어느 누구도 자신들과는 다른 그 사람이 무슨 목적을 위해 공작의 도시로 가는 일을 그토록 서두르는지를 알지 못했소.

나는 당신에게 다음의 이야기를 할 수 있다면 좋겠소. 그 장미울타리가 리잔더 앞에서 열렸으며, 그는 마치 신(神)이 몸소 장미의 이슬과 장미의 꿀로 키운 것처럼 너무도 생기있고 아름다운 그의 옥타비아가 잠자고 있는 것을 발견했소. 또한 그는 그녀를 두 팔로 감싸고 함께 공작 앞으로 걸어 갔소. 마침내 변경방백은 공작의 어깨를 치며 '저 젊은 사람들끼리만 있도록 내버려두고

우리는 물새사냥을 갑시다. 결국 내 자신이 저 사람을
도와준 꼴이 됐지만, 이렇게 된 것이 늙은 바보인 내게
는 지극히 잘된 일이요.' 라고 했소.

　그리고 당신에게 더 이야기하고 싶소. 그 신랑신부는
서로에게 이렇게 말했소. '비록 우리가 그 죄를 분명하게
는 알 수 없지만, 아마도 우리들 각자는 일어난 모든 일
에 대해 죄가 있는 것이 틀림 없을 거요. 그리고 각각의
잔(盞) 안에 들어 있는 한방울의 죄는 사랑이 되어야 할
것이요. 왜냐면 사랑은 신의로 시험받지만, 사랑은 용서
하는 것에서 비로소 완성되는 것이니까.' 라고 말이오.

그리고 나는 더 이야기를 할 수 있다면 좋겠소. 그 장미나무의 심재(心材)로 두 개의 장미화환이 만들어졌고,[18] 그런 후에는 한 개의 요람(搖籃)[19]이, 그리고 최후에는 두 개의 관(棺)과 두 개의 묘십자가(墓十字架)가 만들어졌소. 하지만 두 개의 관과 두 개의 묘십자가는 아주 오랜 후에야 비로소 만들어졌소. 또한 그럼에도 그 장미덤불은 계속 뻗어 나가서는 완전한 장미정원을 이뤘소. 저녁노을, 아침노을이 그 정원의 장미들과 유희했고, 그리고 에올의 하아프[20]를 스치고 지나가서 불안에 내몰린 사람들의 두 뺨에서 눈물을 마셔 없애 버린 바람도 그러했소. 또한 달, 무지개들, 별빛들, 별똥별들, 초록빛의 잠자리들, 황금빛 날개를 달고 있는 풍뎅이들도 그 정원의 장미들과 유희했소. 그리고 당신, 나, 리잔더,

----

18) 여기서 장미화환이 만들어졌다는 것은 서양 풍습으로 볼 때, 이 두 사람이 결혼했다는 것을 가리킴.
19) 리잔더와 옥타비아가 결혼하여 아이를 하나 두었다는 것을 암시하고 있음.
20) 중세에 만들어진 현악기로서 바람에 약간만 부딪쳐도 부드러운 소리를 낸다고 함.

옥타비아, 뚱뚱한 변경방백까지 우리들 모두가 어린아이가 되어, 신이 우리들을 위해 또 하나의 다른 장미정원을 열어줄 때까지 그 장미정원에서 모든 피조물들과 함께 놀 수 있다면 좋겠소. 정말 그렇다오, 크리스티네.

이 모든 것을 당신에게 이야기할 수 있다면 좋겠소.」
「당신은 그걸 저에게 이야기한 거예요. 사랑하는 이여.」 라고 그녀는 대답했다.

「하지만 이제 당신에게 뭔가를 더 말해야겠소.」라고
하며 파벨은 다시 이야기하기 시작했다. 그의 목소리는
변해 있었는데, 말하자면 이런저런 생각으로 무거웠으
며, 매우 진지했다. 「리잔더가 그 먼 곳으로 떠난 일은
부와 명예를 획득하고, 또 그것으로 옥타비아를 얻고자
했기 때문에 일어난 것이 아니었소.」

「아니었다고요?」라고 크리스티네는 당황해 하며 물
었다.

「그렇소.」라고 파벨이 대답했다. 「나는 이 순간까지
물론 그렇다고 믿었소. 하지만 지금은 그것이 단지 구
실이었다는 것을 알게 되었소.」

「구실이라니요? 그걸 저는 어떻게 이해해야 하나요?」
라고 크리스티네는 몹시 동요하면서 물었다.

파벨은 얼마간 곰곰이 생각하더니, 그런 다음 대답했
다. 「당신에게 그걸 어떻게 설명해야 할까, 크리스티네?

자, 봐요. 학교에서 당신은 틀림없이 들었을 거요. 거짓된 구실이라는 것은 존재하지 않는다고. 그렇기 때문에 그런 표현은 말을 할 때에도 사용해서는 안되고, 또는 작문에서는 더더욱 써서는 안된다는 것도 말이요. 왜냐면 올바른 구실이란 생각해 볼 수 없으므로, 구실이란 어쩔 수 없이 언제나 거짓된 것이기 때문이요.

그러나 이제 나는 한 인간이 시도하는 모든 것은 자신의 운명에 맞서기 위한 구실이라고 생각하오. 그러하기

에 나는 그것을 올바른 구실이라고 부르고 싶소. 인간은 자신을 실증(實證)하기 위해서거나, 수치(羞恥)를 느끼기 위해서거나 간에 자신의 운명에 맞서야 하오. 또는 이전에는 없었거나 발휘되지 못했던 힘과 사려(思慮)가 자신 안에서 일깨워 지도록 하기 위해서도 운명에 맞서야 하오. 따라서 내가 당신에게 이야기한 그 모든 사람들의 행위들도 그런 구실인 것이오. 그렇소, 내가 당신에게 이 이야기를 했다는 것 역시 그와 같은 구실이었음에 틀림없소. 내가 이 말을 어떤 뜻으로 하는가를 이해하겠소, 크리스티네?」

「물론 이해한다고 생각해요.」라고 그 소녀는 대답했다. 「그리고 당신이 말로 직접 하는 것이 아니라, 비유를 통해 알려 주려 했던 것까지도 이해하고 있다고 생각해요. 그러니까 모든 운명 뒤에는 한층 지고한 어떤 명분이 있다는 것, 그리고 우리의 모든 행위, 고통, 구실은 그 다른 장미정원에서 나온 장미씨앗 같은 것이라는 것을 말이에요.」

재차 궁정교회의 탑으로부터 타종소리가 들려왔다. 그와 동시에 건초(乾草)를 바스락거리게 만들고, 마른 잎들과 가을을 생각하게 하는 가벼운 바람이 일었다.

크리스티네는 일어섰다. 「저는 이제 가야 해요.」라고 그녀는 말했다.

「크리스티네, 우리는 우리들의 위안을 어디에다 둘 수 있는 거요?」라고 파벡은 나지막하게 말했다. 「우리를 지켜주는 장미덤불이 성장할 준비를 하게 될 것인지 우리는 모르고 있소.」

소녀는 대답했다. 「사랑하는 이여, 당신은 그 장미정
자가 그 자체로 자란 게 아니라, 그 두 사람의 마음의
힘으로 성장했다는 것을 잊으셨나요? 그러니 우리는
올바른 원예기술을 가질 수 있도록 노력하기로 해요.
아니, 동행은 필요치 않아요. 우리 여기에서 헤어지기
로 해요.」

Der spanische Rosenstock

작가 및 작품 연보 ·······················

작 가

1892	발트해 연안에 있는 리가(Riga)에서 의사의 아들로 출생.
1911~14	독일 마르부르크(Marburg), 뮌헨(München), 베를린(Berlin) 대학에서 법학, 역사학, 문예학을 공부.
1914~18	제 1차 세계대전 참전.
1918~19	틸지트(Tilsit), 메멜(Memel), 베를린(Berlin) 등에서 기자생활.
1919	작가로 등단.
1936	카톨릭으로 개종.
1936~42	뮌헨 거주.
1937	나치 당시의 제국작가회의(Reichschrifttumskammer)에서 축출당함.
1942~46	오스트리아 티롤(Tirol) 거주.
1946~58	스위스 취리히(Zürich) 거주.
1958~64	독일 바덴-바덴(Baden-Baden) 거주, 그리고 사망.

전기, 에세이, 산문 등 다양한 성격의 글도 있지만, 문학작품으로만
한정하면 드라마는 한편도 없으며, 소설과 시만 있다.
이 가운데서 대표적인 것만을 추려 열거하면, 다음과 같다.
(괄호 표기가 없는 것은 소설)

1923	아툼의 법/교수대의 장미
1925	신부(新婦)의 셔츠
1927	폐허가 된 제국
1930	미치광이 승려
1933	겨울궁전의 악마
1935	대(大)독재자와 법정
1936	여리고의 장미(시집)
1937	세 마리의 매
1940	서반아 장미나무/하늘에도 땅에도
1946	한여름(시집)/술탄의 장미
1949	불(火)신호
1950	사원
1952	공작나무/최후의 기병대장
1954	기병대장의 아내
1956	수많은 넝쿨과 함께(시집)
1959	공작과 곰
1963	흑인국에서 온 자매들
1965	가을날의 떠남(시집)
1969	사랑한 일곱 가지 것들(유고집)

I.

이 소설(정확히는 노벨레이나, 여기서는 편의상 소설로 지칭)의 줄거리는 겉이야기와 속이야기가 있는, 이른바 액자이야기의 형식으로 구성되어 있다. 액자소설에서 이 두 이야기간의 관계와 기능은 작품에 따라 다양하지만, 이 소설에선 속이야기는 겉이야기와 매우 밀접하게 연관되어 있을 뿐더러, 이를 확대하고 보완하는 역할(물론 분량으로 볼때, 속이야기가 압도적으로 많다)을 하고 있다. 이는 두 이야기에서 외적인 배경과 분위기를 형성하고 있는 공원, 언덕, 누각, 개구리의 울음소리, 개짖는 소리, 산책 등등이 동일하게 등장한다는 것에서, 다른 한편으론 겉이야기의 주인공 파벨이 그의 연인 크리스티네와의 이별을 앞두고서 자신의 이런저런 내면상황을 그녀에게 허구적인 이야기를 통해 말하는 것이 다름 아닌 속이야기의 전체내용이 된다는 것에서 분명하게 뒷받침된다.

II.

파벨이 크리스티네를 두고 떠나려 하는 것은, 그 자신도 어쩔 수 없는 〈내면의 목소리〉의 요청 때문이다. 오랜 기간 세상을 두루 편력하면서 자신 안에 그 실현을 기다리고 있는 〈어떤 힘〉을 발견하고, 이를 통해 자신을 실증해 보려는 것이 바로 그것이다. 하지만 동시에 그는 그녀와의 사랑이 차후에 어떻게 될 것인가에 대해 불안을 감추지 못한다. 그는 사랑이 변치 않을 것과 자신이 돌아오기까지 크리스티네가 기다려 줄 것을 희망하면서 이야기를 시작한다. 그러니까 이 이야기는 파벨이 자기 자신이 떠난 후에 두 사람 사이에 일어날 수도 있을 상황을 불안과 희망을 동시에 가지면서, 상상을 통해 그려보는 것이 된다. 말할 필요도 없지만, 이런 의미에서 속이야기의 중심인물인 리잔더와 옥타비아는 독립된 별도의 인물이라기보다는, 오히려 겉이야기의 파벨과 크리스티네의 분신인 것이다.

Ⅲ.

　꼭 7년에 이르는 이별의 과정에서 리잔더와 옥타비아는 다같이 우여곡절(비록 작품에서는 옥타비아의 상황을 중심으로 이야기되고 있지만)을 겪는다. 옥타비아는 처음에 이별의 고통으로 힘들어 하지만, 동시에 그럴수록 리잔더에 대한 그녀의 사랑과 동경은 커져가고 깊어져만 간다. 하지만 이별한 지 3년이 지나면서부터 이를 방해하는 힘이 등장한다. 옥타비아와 먼 친척관계에 있

는 피레니오의 접근, 변경방백의 구혼, 그녀 아버지의
결혼 권유, 여러 명의 젊은이의 구혼, 그리고 크레리아
의 간계가 그런 것이다. 이러한 일련의 일들은 단순히
외적인 사건으로서의 의미만을 갖지 않는다. 이는 〈외
부에서 일어나고 있는 일은 인간의 영혼 안에서 일어나
고 있는 일의 반영(反映)에 지나지 않는다〉라는 작품의
한 구절처럼 옥타비아의 내면의 변화와 사랑의 변화를
뜻하는 것이다. 그것은 모든 것을 변화시키고 무화(無
化)시키는 끝없이 흐르는 시간의 위력, 또는 두 사람 사
이에 놓여 있는 무한히 먼 공간적인 거리의 영향 때문
일 수도 있을 것이다. 하지만 옥타비아의 사랑의 열정
그 자체가 식은 것으로 보는 것이 더 분명하고 타당한
해석일 것이다. 피레니오의 구혼이 매우 끈질기고 치밀
하긴 했지만, 이에 응낙한다는 것부터가 그러하며, 결
정적인 것은 그녀가 자신의 마음의 해이함에 대해 스스

로를 비난하고 있다는 것을 들 수 있다. 옥타비아의 사랑이 식은 것을 상징적으로 보여주는 것이 그녀와 리잔더의 사랑의 징표인 서반아 장미나무와 관련된 사건이다. 크레리아의 간계에 의해 이 나무는 뽑혀져서 버려진다. 겉보기에는 이 사건은 옥타비아와 무관하고, 따라서 결코 그녀의 잘못이라고 할 수 없다고 볼 수도 있다. 그러나 이는 리잔더에 대한 그녀의 사랑과 신의(信義)가 극도로 약화된 것을 비유적으로 보여주는 것에 다름 아니다.

이 점은 리잔더에게 있어서도 마찬가지이다. 옥타비아가 그녀의 절망하는 마음을 끌어모아 그것들을 광선 다발처럼 리잔더에게 보냈으나, 그 빛이 그를 만나지 못하고 힘을 잃은 채로 되돌아온다는 것은 옥타비아에 대한 그의 사랑과 신의 역시 크게 상실되었음을 나타내는 것이기 때문이다.

Ⅳ.

　그러나 이 소설은 여기에서 끝나지 않는다. 옥타비아는 피레니오와 함께 사랑의 도피를 하기 직전에 또 하나의 다른 장미나무덤불에서 많은 생각에 잠긴다. 이곳에서 그녀가 〈많은 생각에 잠겼다〉는 것은 그녀가 반성과 성찰을 거듭했다는 것을 의미한다. 이를 통해 그녀의 사랑과 신의는 소생되는 계기를 갖게 된다. 사그러들었지만, 완전히는 꺼지지 않고 있었던 사랑의 불꽃이 되살아나게 된 것이다. 이 덤불에서 〈그녀에게 부드러운 평온함과 행복한 잠이 밀려왔다〉는 것이 바로 그런 정황을 알려준다.

　각성과 사색에서 오는 이같은 태도변화는 리잔더에게도 일어난다. 그 계기를 그는 옥타비아가 그녀의 절망적인 마음을 광선다발처럼 보냈던 〈보름달이 있는 그 밤〉에 갖게 된다. 이날 밤 그에게 〈극심한 두려움〉이 엄습했다. 그가 보름달을 쳐다보는 것을 통해 옥타비아에게 사랑의 빛을 보냈으나, 그것이 결합되어 돌아오지 못하고 되돌아 왔기 때문이다. 하지만 이는 그에 대한 옥타비아의 사랑과 신의가 거의 소진(消盡) 되었다는 것도 되지만, 동시에 옥타비아에 대한 그의 사랑과 신의 또한 심하게 약화되었음을 말하는 것이기도 하다. 바로 이러한 자각을 통해 그 역시 다시 사랑과 신의를 회복한다. 자신이 약속한 두 사도(使徒)의 제일(祭日) 안에 도착하기 위해, 온갖 역경과 고난을 무릅쓴 가운데 이루어지는 그의 귀환이 바로 이를 예증한다. 그리하여 이후 두 사람은 재회하고, 행복한 삶을 오래토록 누린다.

V.

앞서 언급했듯이 파벨이 들려주는 이 이야기는 크리스티네에 대한 그의 사랑의 희망과 불안을 동시에 보여

주고 있다. 그렇다면 이 두 사람의 사랑은 어떻게 될 것인가. 이에 대해선 결코 어떠한 단정도 할 수가 없다. 하지만 이들의 사랑이 파벨의 희망대로 될 것인지, 아니면 그가 불안해 하는 방향으로 변화될 것인지를 결정하는 것은 두 사람의 태도에 달려 있을 것이다. 소설의 마지막 대목에서 사랑의 상징인 장미나무에 대해 크리스티네가 〈그것은 그 자체로 자란 게 아니라, 두 사람의 마음의 힘으로 성장했다〉고 함은 바로 사랑을 위한 각자의 노력을 강조하는 것이다. 고통과 시련을 부단한 인내와 자기반성을 통해 극복해 가는 것이 필요하다는 것이다.

이처럼 베르겐그륀은 이 작품에서 사랑이 결실을 이루기 위해서는 끊임없는 노력이 요청됨을 역설하고 있다. 하지만 그가 작품에서 말하고 있듯이, 〈인간이 시도하는 모든 것은 자신의 운명에 맞서기 위한 것, 자신을 실증하기 위한 것, 또는 자신의 내면 속에서 채 발휘되지 못하고 있는 힘과 사려(思慮)를 일깨우기 위한 것)이라 본다면, 이러한 사랑은 인간이 삶의 과정에서 당면할 수밖에 없고, 또 극복해야 할 모든 것에 대한 하나의 예라고 할 수도 있을 것이다. 달리 말하면, 인간이 삶을 통해 성숙해 가는 것이라면, 이 성숙을 위해서는 삶의 무한히 다양한 다른 영역에서도 이같은 많은 노력이 필요하다는 것이 작가 베르겐그륀이 이 작품을 통해 우리에게 들려 주려는 메시지가 아닌가 한다. (옮긴이)